Ye

25933

LE CHANSONNIER

DES CAMPS;

Recueil de Poësies Patriotiques,

OFFERT A LA NATION,

Par L. Ch.ˢ Le Duc ;

UN DE SES FILS ADOPTIFS (1).

> Français, entre nous qu'on s'accorde :
> Liberté, franchise et concorde ;
> Pour atteindre à ce noble but,
> Apportons tous notre tribut.

1.ʳᵉ *Livraison.*

SEPTEMBRE 1830.

(1) A son retour de la campagne de Russie, l'auteur n'était âgé que de dix-huit ans lorsqu'un décret impérial, du 16 mai 1813, le nomma ÉLÈVE DU GOUVERNEMENT au Prytanée militaire français.

ÉPITAPHE

GRAVÉE SUR LE ROCHER DE S.^{TE} HÉLÈNE (1).

Du maître de vingt rois , d'un auguste Empereur ,
Du grand NAPOLÉON !... repose ici la cendre :
Mortels, qui vers ces bords pourriez un jour descendre,
Méditez sur sa tombe et plaignez son erreur !....

(1) Quelque temps avant de s'embarquer pour Pon-
dichéri , mon ami Eugène F..... insista pour que je lui
donnasse cette Épitaphe. Une lettre que je reçus de cet
infortuné jeune homme, mort depuis dans la douleur et
le désespoir , m'annonça , en 1824 , que ces vers avaient
été gravés par lui , près du tombeau de notre bienfaiteur,
qu'il avait arrosé de ses larmes.

Le but de cet Opuscule étant de porter à l'infâme
jésuitisme un coup de massue ; l'action de souscrire est
participer à l'anéantissement de cette secte ; c'est, en
un mot, coopérer à une œuvre patriotique.

On souscrit à Nîmes ; chez M. *Bianquis-Gignoux* , au
Pont de la Bouquerie.

Chaque exemplaire sera revêtu du paraphe de l'auteur,
ci-contre apposé.

PRÉFACE.

Le plus grand des abus, c'est de les tolérer.

Air : *Mon père était pot.*

PARDONNEZ un original
Dont la muse est fringante ;
Mon Pégase est un animal
Semblable à Rossinante ;
   Il n'est point ailé ,
   Mais il est sellé
Parfois à la hussarde.
   Il ne vole pas ,
   Son Parnasse est bas ,
Car c'est mon corps-de-garde !

Je n'ignore pas qu'en suivant de loin les traces de l'infortuné *Paul Courrier*, sans prétendre égaler en talent et en mérite mon honorable devancier , je vais exciter contre moi tous les sentimens honteux dont trop de gens ici-bas sont dominés. Pénétré de cette triste conviction , je déclare d'avance qu'aucune considération ne sera susceptible de m'arrêter, et que dussai-je , comme cet homme estimable , tomber victime de mon dévouement , de ma loyauté et de ma franchise, je ne cesserai de battre en brèche contre l'hypocrisie, et de préparer , à tous les genres d'abus , des assauts aussi vigoureux que multipliés. Je l'ai déjà dit , je le répète encore , je ne crains de mes lâches antagonistes , que le poison du fanatisme et le poignard de l'assassin.

Je m'abandonne avec confiance à la critique judicieuse des personnes sages et éclairées. Quant à celles qui pourraient y apporter de la prévention et de l'aigreur, le bon sens du public saura me mettre à l'abri de leurs atteintes.

Les livraisons qui suivront celle-ci seront imprimées , imposées et brochées avec beaucoup plus d'ordre et de propreté. La première devait se ressentir des momens de troubles où elle a été recueillie ; en un mot, ce n'est qu'un aperçu.

NOTICE ABRÉGÉE
SUR LA VIE DE L'AUTEUR.

Air : *C'est l'amour, l'amour, etc.*

SOIT en paix, soit au bivouac,
    Ma devise
    Est FRANCHISE ;   **CHŒURS.**
Sans zig-zac et sans mic-mac,
    Je fume mon tabac.

Aux jours de nos vives alarmes,
Je naquis au pied d'un drapeau ;
Si la gloire a pour moi des charmes,
C'est l'influence du berceau !
    En ouvrant ma paupière,
    Un regard de fierté
    Fixa sur la bannière
    Le mot de LIBERTÉ !
    Soit en paix, etc.

A mon début dans la carrière
Je n'avais pas encor treize ans ;
Mais alors je ne pensais guère
A la tempête, aux ouragans !
    Au temple de mémoire,
    Si mon nom ne reluit,
    Jeune, au champ de victoire,
    J'ai pourtant fait *du bruit*..... (1)
    Soit en paix, etc.

Tambour, en entrant en Espagne,
Mon sang coula vers Médina ;
Dans une funeste campagne
Il rougit la Bérézina ;
    De l'aride Ibérie
    Il arrosa les monts,
    Et de la Moscovie
    Colora les glaçons.
    Soit en paix, etc.

(1) En battant la charge.

J'ai parfois avec les Germaines
Fait une walse *incognito*..... (1)
Près des Castillannes humaines
Je figurais le *Fandango*..... (2)
 Ces belles sont charmantes !
 Mais , selon mon avis ,
 Beaucoup moins séduisantes
 Que dans notre pays !
  Soit en paix , etc.

Si quelque personne indiscrète
Pensait que mon poste est le sien ,
Dites-lui que mon épaulette
Est le prix d'un canon prussien (3) ;
 Que du Dnieper , de l'Ebre ,
 J'ai vu crouler les forts ;
 Qu'à la butte célèbre
 J'unissais mes efforts (4).
  Soit en paix , etc.

Sous les murs de la Capitale ,
Elève du Gouvernement ,
Ma pièce , à l'ennemi fatale ,
Arrêta son acharnement.

(1) Tout le monde sait que les dames allemandes raffolent de *la Walse*, danse ordinaire du pays.

(2) *Le Fandango* est le menuet en vogue dans l'Espagne ; cette danse est extrêmement voluptueuse.

(3) L'auteur, grièvement blessé à Lutzen, fut ramassé sous les canons enlevés aux Prussiens ; présenté à l'Empereur par le maréchal Mortier, Sa Majesté le nomma élève au Prytanée militaire français, et ajourna son admission dans la Légion d'honneur jusqu'à sa sortie de l'établissement. Voici dix-sept ans que dure cet ajournement, que les cent jours auraient dû faire cesser.

(4) Elève de St-Cyr, il servait une des pièces qui couvraient Belleville ; il faut avoir assisté à l'attaque de Paris, pour se faire une idée des ravages que peut produire le feu de l'artillerie employé à propos.

        Sur les hideux Cosaques ,
    Vomissant le trépas ,
    Mon feu , de leurs attaques ,
    Ralentissait le pas.
        Soit en paix , etc.

    Devant Cadix , par ma tactique ,
J'ai démenti maints détracteurs (1) ;
Le devoir est ma politique ,
Je ne crains pas les délateurs.
        En loyal militaire ,
        Dans ma stabilité ,
        Je laisse au ministère
        Sa comptabilité (2).
            Soit en paix , etc.

    O vous dont la bassesse altière
Nous calomniant sans pudeur ,
Vouliez , de la noble carrière ,
Ternir l'éclat et la splendeur !
        Sachez que le vrai type
        Des vertus dans l'état ,
        J'en jure par ma pipe ,
        C'est l'honneur du soldat (3) !
Soit en paix , soit au bivouac ,
        Ma devise
        Est Franchise ,   } Chœurs.
Sans zig-zac et sans mic-mac ,
    Je fume mon tabac,

(1) En marchant à la tête de cette compagnie de voltigeurs
qui fut criblée sur la chaussée du Trocadéro , et dont, pour
toute récompense , on mystifia les malheureux débris.

(2) D'autant plus que cette comptabilité , au moment
où j'écrivais , paraissait être passablement embrouillée.

(3) Les historiens s'accordent à dire qu'à l'époque de la
révolution , ce qu'il y avait d'hommes vertueux en France
s'étaient , en grande partie , réfugiés dans les camps.

LA FRANÇAISE,

Hymne de la Liberté,

DÉDIÉE

AUX GARDES NATIONALES DE FRANCE.

Air : *L'Aurore du bonheur* (Chant du Midi).

J'APERÇOIS dans l'azur de la voûte éthérée,
D'un nuage argenté les reflets radieux !
Qu'entends-je ? Et quels accens vibrent du haut des cieux ?
C'est Éleutheria, des mortels révérée !
Ah ! reviens parmi nous, céleste déïté,
Partager notre culte et notre idolâtrie !
Protège les Français, auguste LIBERTÉ !
Viens dompter les tyrans *(bis)* et sauver la patrie !　}　CHŒURS.

« D'infâmes courtisans, dans leur vaine démence,
» Sous un ignoble joug prétendent te plier :
» Soulève-toi, grand peuple ! on veut t'humilier !....
» Prouve à ces insensés, ta force et ta clémence ! »
　　Ah ! reviens, etc.

« Songeant à rétablir de honteux priviléges !....
» L'horrible fanatisme espérait te braver :
» Mais ton glaive puissant doit bientôt l'entraver ;
» Opprobre à ces félons ! parjures, sacrilèges ! »
　　Ah ! reviens, etc.

« Bannissons à jamais une secte exécrable,
» Qui compromet l'autel, les trônes et les lois !
» Que ces vils corrupteurs soient réduits aux abois,
» Peuple, rends ton triomphe *éclatant et durable !....*
　　Ah ! reviens, etc.

« Vous dont le nouvel ère excite, hélas ! la haine ;
» N'infectez plus ce sol et fuyez sans retour.
» En cachant le pays où vous prîtes le jour,
» Suivez le despotisme et supportez sa chaîne ! »
        Ah ! reviens, etc.

« Héros ! qui, soixante ans, dans les deux hémisphères,
» Te vouas au salut des peuples opprimés !
» Que de noirs attentats soient par toi réprimés ;
» Béni de tes neveux, rends leurs destins prospères ! »
        Ah ! reviens, etc.

« Généreux citoyen, orgueil de cette France,
» Vainqueur de Cornwalis, ami de Washington !
» Des Fabius, des Turenne, illustre rejeton !
» Lafayette ! il est temps, accours à sa défense ! »
Ah ! reviens parmi nous, céleste déïté,
Partager notre culte et notre idolâtrie !
Protège les Français, auguste Liberté !
Viens dompter les tyrans *(bis)* et sauver la patrie !

L. Ch.^s Le Duc,

Lieutenant au 36.me Régiment de ligne.

NISMES, IMPRIMERIE DE DURAND-BELLE.

LA DOUBLE CHARGE.

Air : *Gaîment je m'accommode de tout.*

FRANÇAIS avec constance,
    Chargeons (1) !
Selon la circonstance,
    Chargeons !
Pour vider les bouteilles,
    Chargeons !
Pour faire des merveilles,
    Chargeons ! } *Ter.*

Pour la santé du Prince,
    Chargeons !
Que tout jésuite en grince,
    Chargeons !
Philippe aime la Charte,
    Chargeons !
Si quelqu'un s'en écarte,
    Chargeons ! } *Ter.*

Si l'intrigue cabale,
    Chargeons !
Comme à la Capitale,
    Chargeons !
Pour faire une œuvre pie,
    Chargeons !
Contre une ligue impie,
    Chargeons ! } *Ter.*

---

(1) Aux 1.er et 3.me *Chargeons* de chaque couplet, il faut
faire le signe de remplir son verre, aux 2.me et 4.me celui
de croiser la baïonnette.

Si l'Étranger s'accorde,
    Chargeons !
Mais s'il veut la discorde,
    Chargeons !
Du vin de la frontière,
    Chargeons !
Et sur la race altière,
    Chargeons !   } *Ter.*

En l'honneur du beau sexe,
    Chargeons !
Et si quelqu'un le vexe,
    Chargeons !
Pour courtiser les belles,
    Chargeons !
Pour vaincre les rebelles,
    Chargeons !   } *Ter.*

Aux débris de la Loire,
    Chargeons !
Pour soutenir leur gloire,
    Chargeons !
Au drapeau tricolore,
    Chargeons !
Pour l'illustrer encore,
    Chargeons !   } *Ter.*

L. Ch.ˢ Le Duc,

Lieutenant au 36.ᵐᵉ Régiment de ligne.

LA PRÉDICTION
RÉALISÉE.

AVIS AUX GÉNÉRATIONS.
(5.me ÉDITION).

Air : *Du tra, la, la.*

Gloire aux nobles habitans
De Paris ! dont le courage
Nous sauva de l'esclavage,
De l'orage et des autans.
   Enfoncé ! Enfoncé !
On vous l'avait annoncé ;
   Enfoncé ! Enfoncé !
Car l'arrêt est prononcé !   *(Bis, en Chœurs.)*

Plus de nich et plus de gnac (1),
Rayons - les du protocole,
Que l'on conduise à l'école
Mé.....ac en Pourceaugnac !
   Enfoncé ! etc.

Plus de congrégation,
Français, déchirez ces listes ;
Amis, soyons royalistes,
Mais, *selon la nation.*
   Enfoncé ! etc.

Ces vagabonds déhontés,
Qui rançonnaient les provinces,
Cessant d'abuser nos Princes,
Deviendront moins effrontés !
   Enfoncé ! etc.

---

(1) MM. les princes de Metternich et de Polignac."

Afin de mieux parvenir
A nous mettre au cou la corde,
Ils provoquaient la Discorde,
Pour préparer l'avenir !..... (1)
Enfoncé ! etc.

Par la crainte des enfers,
Tels, surprenaient des largesses,
Qui destinaient ces richesses
A nous accabler de fers !
Enfoncé ! etc.

Nos bons curés de cantons
Savent ce que Dieu condamne,
Et sans craindre *qu'on nous damne,*
Dansons, rions et chantons.
Enfoncé, etc.

Gens du pouvoir absolu,
Pourquoi faire les bravaches ?
Quand on n'est *que des ganaches,*
Tout est bientôt résolu.....
Enfoncé ! etc.

Pour tenter des coups d'état,
Il faut être plus capables ;
Mais on est *toujours coupables*
D'aventurer le soldat.
Enfoncé ! etc.

---

(1) Notamment dans l'armée, où ils avaient essayé, de longue main, de détruire la confraternité d'armes, en érigeant les Capitanats en espèce de Pachalicks, et en conseillant aux Officiers supérieurs de se faire craindre ; enfin en assimilant tous les emplois à celui de valet, puisqu'il dépendait du dépit, du caprice ou du bon plaisir de leurs implacables Excellences, de démettre quiconque montrait du caractère.

Montrez-lui des ennemis
Des lois , de l'ordre et du trône ;
Mais dispensez-vous de prône ,
Contre des pareils , amis.
    Enfoncé ! etc.

Vous aviez pris maint détour
Pour assujétir la presse ,
Avec l'honneur , qui transgresse ,
Doit redouter le grand jour !
    Enfoncé ! etc.

Cessons ces bruits , ces rumeurs ,
Plus de craintes , plus d'alarmes ,
Du repos goûtons les charmes ,
Désormais plus de clameurs.
    Enfoncé ! etc.

Sans préférence entre nous ,
Du castel , de la guérite ,
Aux emplois , *par le mérite ,*
Français , *nous parviendrons tous !*
    Enfoncé ! etc.

Conservons nos libertés ,
Protégeons notre industrie ;
Que les mots : *Honneur ! Patrie !*
Soient compris et répétés.
    Enfoncé , etc.

Contre tout respect humain ,
Si parfois la sainte ligue
Voulait nous faire la figue :
Peuples , donnons-nous la main !
    Enfoncé ! etc.

Si quelque fourbe , briguant
En secret votre suffrage ,
Voulait *propager sa rage ,*
Méprisez cet intrigant.
    Enfoncé ! etc.

4

Français, soyons prémunis
Contre les *menées occultes*,
Sous la liberté des cultes,
Montrons-nous tous réunis !
   Enfoncé ! etc.

Toutes les religions,
S'il s'agit de la défense
Des lois, *du Roi, de la France;*
Mêleront leurs légions !
   Enfoncé, etc.

Mes amis, les seuls moyens
D'écarter de nous les schismes,
C'est d'*envisager sans prismes ;*
D'aimer nos concitoyens !
   Enfoncé ! etc.

Oublions tout pour toujours ;
Fraterniser sans rancune,
C'est compléter la lacune
Du récit de nos beaux jours !!! (¹)
   Enfoncé ! Enfoncé !
  On vous l'avait annoncé ;
   Enfoncé ! Enfoncé !
Car l'arrêt est prononcé.

L. Ch.ˢ Le Duc,

Lieutenant au 36.ᵉ Régiment de ligne.

Se vend au profit des Veuves et Orphelins de la Capitale,
victimes des fatales ordonnances.

---

(1) Ces couplets furent écrits au poste du palais, dans la nuit du 1.er septembre 1830, au milieu des troubles qui agitaient la ville de Nîmes.

Nîmes, Imprimerie de Durand-Belle.

HOMMAGE AU VRAI MÉRITE.

Couplets dédiés aux honnêtes Gens.

Air : *Dis-moi, soldat, dis-moi, t'en souviens-tu ?*

HONNEUR au preux qui, parmi cette ville,
Sut ramener le bonheur et la paix,
Et qui, calmant la tempête civile,
Nous rassembla sous l'Étendard français !
Concitoyens, par des chants d'allégresse,
De l'avenir embellissez le cours ;
Mais au milieu de tes transports d'ivresse, } *Bis.*
Peuple Nîmois, souviens-toi de LASCOURS ! }

Ah ! souviens-toi qu'il conjura l'orage
Qui menaçait d'engloutir tes foyers ;
Et que sa voix et son noble courage,
T'ont préservé des plus affreux dangers !
D'une belle âme admirant l'indulgence,
A la sagesse ayant toujours recours :
Dans tous les temps imite sa prudence, } *Bis.*
Peuple Nîmois, souviens-toi de LASCOURS ! }

Je commandais le poste du Palais de justice, dans la nuit du 1.er septembre dernier, que les braves Cohortes de La Vaunage passèrent à bivouaquer sous mes yeux, dans l'enceinte de l'Esplanade. Je suis donc à même d'affirmer que leur devise était : *Paix et Liberté ! Honneur et Délicatesse !* Toutefois, elles y ajoutaient : *Guerre aux rebelles et aux malfaiteurs !* Leur mot d'ordre était : *Patrie, Paris, Persévérance*, et le moindre des enfans dont parle la Quotidienne (*Journal des dupes et des vieilles tricoteuses*) serait capable de lui administrer une fessée de main de maître, ainsi qu'à son digne et stupide correspondant.

Plus de partis ; de l'horrible discorde
Éteignons tous le perfide brandon. (1)
Que dans ces murs règne enfin la concorde : (2)
Oubli du mal et généreux pardon !
Au monde entier donnons un noble exemple !
Rallions-nous pour cet heureux concours ;
Et si bientôt l'univers nous contemple :
Rendons hommage au vertueux LASCOURS ! (3) } Bis.

L. Ch.ˢ Le Duc,

Lieutenant au 36.ᵉ Régiment de ligne.

(1) Aujourd'hui que la tranquillité est enfin rétablie , l'effervescence commençant à se calmer , nous pensons que toutes les personnes douées de discernement ne pourront plus qu'applaudir à la sagesse et à la modération que l'autorité militaire a si heureusement déployées dans ces derniers momens de crises. En effet, n'y aurait-il pas de la frénésie à supposer que le soldat dût seconder l'aveugle élan de la plus déplorable des passions ? Nîmes , entouré de bandes immondes, menacé de pillage, d'incendie et de massacres; notre rôle exclusif était de protéger la sûreté publique , d'arrêter l'effusion du sang français , et d'offrir au besoin le nôtre en holocauste. Je laisse aux gens raisonnables le soin de décider si nous avons dignement accompli notre tâche.

(2) Nous conviendrons que les corps envoyés de Lyon et des départemens voisins étaient animés de sentimens qui les rendaient bien propres à accomplir l'honorable mission qui leur était confiée. Mais , lorsque ces troupes entrèrent dans nos murs, il y avait deux jours que tout y était pacifié, et que la tranquillité la plus parfaite y avait été rétablie par la seule garnison composée uniquement du 36.ᵉ régiment de ligne, de quatre compagnies du 3.ᵉ régiment du génie, et d'environ 200 chevaux du 7.ᵉ régiment de chasseurs. Il est donc ridiculement absurde de prétendre que la malveillance était parvenue à forcer nos postes. Nous avons , au contraire , constamment su faire *respecter* nos consignes , dans toute l'acception du mot.

(3) Cet hommage part du fond de mon cœur, comme de celui de nos bons soldats. Je n'ai jamais flatté personne , et ne suis point d'un caractère à employer, par spéculation, le langage objet d'une basse adulation. J'ajouterai, de plus, que j'appartiens à cette classe disgraciée , qui s'enorgueillit d'être depuis long-temps persécutée , pour le défaut contraire.

NISMES, IMPRIMERIE DE DURAND-BELLE.

ADIEUX
AU 10.ᵐᵉ RÉGIMENT DE LIGNE,

RETOURNANT DANS SA GARNISON, APRÈS NOUS AVOIR
AIDÉ A MAINTENIR L'ORDRE DANS NÎMES.

Air : *Gai ! Gai ! Marions-nous.*

RETOURNEZ à Lyon ,
Braves soldats du dixième !
D'un peuple qui vous aime
Faites l'admiration ! } *Chœurs.*

Sur la place des Terreaux ,
Votre humain patriotisme
Invita l'absolutisme
A mieux choisir ses bourreaux !.....
   Retournez à Lyon , etc.

Vers ces bords majestueux ,
Ah ! que vos âmes guerrières
Se félicitent , soient fières
De ne voir que des heureux !
   Retournez à Lyon , etc.

Adieu , noble régiment !
Mais , en ton absence , à Nîmes ,
Crois que désormais les crimes
Recevraient leur châtiment !
   Retournez à Lyon , etc.

Du Rhône fendant les flots ,
Allez dire à cette ville :
Que de la ligue servile
On poursuit les noirs complots !
   Retournez à Lyon , etc.

Dites que , par de faux bruits ,
Bernant la canaille insigne ,
La secte imite le cygne
Qui , mourant , *chante sans fruits !*
   Retournez à Lyon , etc.

Par un un décret concerté,
Si le destin nous divise,
Gardons toujours pour devise :
Paix, concorde et liberté !
Retournez à Lyon, etc.

Aux plaisirs livrons accès ;
Et tout en fumant la pipe,
Répétons vive PHILIPPE !
Vive le Roi des Français !
Retournez à Lyon, etc.

Si, jaloux de son bonheur,
On menaçait notre France !
Puissions-nous, dans l'occurence,
Nous revoir au champ d'honneur !
Retournez à Lyon, etc.

Nous vénérerons, soldats !
Ce prince, ami de la Charte,
Et parmi nous, notre Sparte,
Verrait des Léonidas !
Retournez à Lyon, etc.

Adieu mes bons amis, adieu braves soldats et généreux citoyens ! Retournez en paix dans votre glorieuse garnison, et emportez avec vous l'intime conviction de ces sentimens de cordialité que nous vous conserverons, de ces sentimens de loyauté et de dévouement mutuel, qui, seuls, constituent la force des armées, et parviennent à les rendre invincibles.

Votre Camarade,

L. Ch.^s Le Duc,

Lieutenant au 36.e Régiment de ligne.

NISMES, IMPRIMERIE DE DURAND-BELLE.

LE CONSEIL SALUTAIRE ;

AVIS AUX ABSOLUTISTES.

Air : *Quand un tendron , etc. (ou du Roi d'Yoetot.)*

Mes amis , réjouissons-nous ,
La France régénère !
Chantons envers et contre tous ,
Fêtons la nouvelle ère !
Mais si quelque plat ostrogot
Venait nous parler d'un magot ,
L'argot ;
Oh ! oh ! oh ! oh ! ah ! ah ! ah ! ah !
Chassons ce fils de Loyola , } *Bis.*
La , la.

Ne croyez pas , sots renforcés ,
De couronner votre œuvre ,
Car bientôt vous serez forcés
A la prompte manœuvre.....
Allez en Chine , au Sénégal ,
C'est pour nous , comme en Portugal ,
Egal ;
Oh ! oh ! oh ! oh ! ah ! ah ! ah ! ah !
Partez , enfans de Loyola , } *Bis.*
La , la

Oubliant toute inimitié
De votre abjecte race ,
Elle inspire notre pitié ,
Et nous lui faisons grâce.
Toutefois , n'y revenez pas ,
Car vous risqueriez du trépas ,
Le pas ;
Oh ! oh ! oh ! oh ! ah ! ah ! ah ! ah !
Fuyez enfans de Loyola , } *Bis.*
La , la.

PROSCECTUS
ET CONDITIONS DE L'ABONNEMENT.

Ce Recueil périodique, contenant divers mélanges de poësies critico-morales, telles qu'Apologues, Epigrammes, Romances, Ariettes, Chansons, Anecdotes, Réflexions, etc., etc., paraîtra à la fin de chaque trimestre. Il se composera de 20, 24 et 32 pages, c'est-à-dire, d'une à deux feuilles d'impression. Des sujets lithographiés et les airs nouveaux notés y seront ajoutés selon l'opportunité.

Le Prix de l'Abonnement est fixé, pour toute la France, ainsi qu'il suit :

    Pour trois mois, ou une livraison . . . » fr. 75 c.
    Pour six mois, ou deux livraisons . . . 1 fr. 40 c.
    Pour une année, ou quatre livraisons . . 2 fr. 50 c.

Tous les numéros parviendront à MM. les Abonnés, francs de port, avec une augmentation de 10 p.^r % à l'extérieur. On pourra s'inscrire dans les principaux Cabinets littéraires de chaque département.

Les lettres, paquets, réclamations et insertions devront être adressés, affranchis, directement à l'Auteur, rédacteur et éditeur, dont l'élection de domicile est sous les drapeaux du 36.me Régiment de ligne, soit en garnison ou en rase campagne. Des mesures seront prises pour prévenir tout retard dans les envois. Du reste, des fonds déposés à Paris, chez M. Auguste MOREL, rue Tiquetonne, seront destinés à garantir MM. les Souscripteurs contre tout événement de force majeure.

Nous pensons qu'il est inutile de prévenir le public que l'esprit qui présidera à la rédaction de cet ouvrage, sera invariablement le même que celui de l'Epigraphe.

Cette première livraison n'étant qu'un léger aperçu, son prix n'est porté qu'à 25 cent., solvables selon la continuité. A l'avenir, le nom de l'Imprimeur fera connaître le point de départ.

La modicité du prix de cet abonnement ne permettant pas d'adresser des souscriptions partielles, MM. les Souscripteurs sont invités à vouloir bien se réunir pour effectuer des envois collectifs, pour le nombre de 5, 10, 15 et 20 exemplaires. Tel est notre désintéressement, que les Librairies, Cabinets de lecture, en un mot toute réunion présentant au-dessus du nombre de 24 abonnés, jouira d'une remise de 20

Nîmes, imprimerie de Durand-Belle

www.ingramcontent.com/pod-product-compliance
Lightning Source LLC
Chambersburg PA
CBHW051435060726

47596CB00006B/2498